62片绿叶

朱风平 著

线装书局

序

诗是灵魂的吟唱，是对美好的追求。热爱诗歌创作的人必然是热爱生活、热爱思考、热爱美好的人，是善于观察、善于感悟、善于呈现的人。朱风平就是这样一个人。

我认识朱风平很久了，那时他是华东理工大学机械专业的学生，也是英语专业辅修的学生，他热爱外语学习，热爱诗歌创作。在我的西方文化

课里，他是听得最认真的一个；在我的英语读报课里，他是最积极参与的一个；在交流、提问环节中，他是最频繁提问和发言的一个。虽然毕业后多年不联系，偶尔在微信上打个招呼，但是上周他给我看了他这几年写下的诗，令人眼前一亮，既感动又高兴。他在烦琐的工作和繁杂的生活中依然保持了一颗热爱生命、追求美好的初心。

读着他的诗，能感受到他对事物感悟视角的宽广和细腻。我喜欢《船夫》中他对生活浪花的记录；在《一朵云，一匹马》和《剃须刀》诗作中的修辞用得如此体贴传神；《来了，秋天》中对秋天的描述别有心境；《思念》中传达的信息含蓄而绵延；《无

常》中“只有爱能找到前进的方向”的诗句令人叫绝。读他的诗，我读到的是一个年轻人对平凡生活的阐释、欣赏与提升。没有无病呻吟，没有抱怨愤懑，“诗言志，歌咏言”，积极的人生价值观让我看到青年人对美好的不懈追求。

朱风平在《爱上文字》中写道：“在文字的世界里，打造个温馨的小家；百灵鸟欢快地歌唱把喜悦传递四方……思绪插上翅膀，情感自由地抒发”。诗歌创作是他的思想翅膀，给他带来了欢快与喜悦，自由的思绪得以抒发，也给我带来了思考和美好。虽然实际的生活并不是如此美好，如其所写“没有任何喘息的时光，这就是繁忙，生命的模样”。而对美好和理想的思考与追求会让生活变得阳光灿烂，绚丽多彩。“岁月如歌，生活似酒”，希望朱风平继续“做一朵蜡梅，骄傲地盛开”。

颜静兰

2020 年 6 月 8 日

目　录

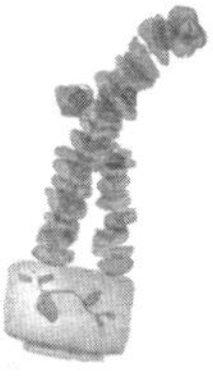

船　夫

他日复一日来往于
河面之上，孤独穿行
背影已融入这
波光粼粼的画卷

一双木桨，是他
整个的、全部的世界
水天一线的地方
是宇宙的边缘

每一朵浪花，记录
生活的每一时刻
每一段涟漪上
都写着春夏秋冬

一朵云，一匹马

总是有颗高高在上的心

无法承受平凡的衣襟

在一望无际里寻找四季的影子

天马行空，从不徘徊

上帝将一壶希望

泼洒在星汉灿烂的道路上

一朵白云，是治愈的棉花糖

前方有清晰的梦

清晰的梦乡，也是清晰的

失败与成功的故乡

奔腾，嘶鸣……

一路前行，坚持与坚韧

已成为一种仪式

灿烂的梦想，却不过是

仪式之上的美好炫光

错　过

夜莺错过了彩霞

却迎来温柔的月光

拥抱宁静，欢乐地歌唱

蜡梅，错过了

一年中大部分时光

却迎来一个

冰清玉洁的世界

骄傲、优雅地

独自开放

所有的错过

不过是留恋时的彷徨

下一站

总有新的希望

生活的曙光

就在不远的前方

来了，秋天

这是时光流淌最缓慢的季节

在岁月女神的手指间飘柔缠绕

悠闲，一如秋风吹落的叶

在空中飞舞着浪漫的华尔兹

寂寞，一如南飞的孤雁

把丰富多彩的故事遗忘在身后

纯粹，一如深山里的木芙蓉

开出一缕深红，深深的红

静谧，一如晨雾里的露珠

呵护着整个世界从睡梦中醒来

这就是秋天，留声机里放出

悠扬的歌声，提醒我

在天寒地冻、万籁俱静之前

品一口时光里浓浓的咖啡

起　点

这时节，贺卡与雪花
纷纷扬扬飘满天空
这个夜晚，岁月之神
将敲响新一年的钟

喧闹的气氛，让人
更加寂寞地沉思
记忆里的苦恼和失落
酿成酒，酿成茶
我一边品味一边成长

西北风，在窗外呼啸
卷走了落叶，也卷走了
那些被我错过的忧伤
西北风在呼啸，进行着

这个冬天最后的仪式

静静地，我感受到

这冰雪的世界清晰了

窗外那朵梅花，提醒我

明天，又是一个起点

一朵茶花蕾

从一个紧密严实的

蜗居中，懵懂探出脑袋

将乍暖还寒的春天

最后那一片书页翻开

畏缩地触摸空气中

一粒粒飞扬的尘埃

展开粉红的身姿，拥抱

三月和风细雨的情怀

柔弱的花瓣上留下

一丝一丝清晰的印迹

是我和春天深深的吻痕

告　别

有多少爱可以重来

曲终人散的夜晚

只剩下熟悉的旋律

在记忆中陪伴

大雨落在心田

哭泣，是南飞的雁

撕裂了蓝天

凝固了时间

告别，像飘舞的落叶

离开温柔的胸怀

告别，像缓缓的青烟

化作缥缈的尘埃

用泪水埋葬误解和悲哀

破碎的影子留在沙滩

那一湾源泉在远方召唤

前方才是彼岸

扬起帆

追梦的日子风轻云淡

带刺的玫瑰

天生一副婀娜的身材

优雅的肩膀上

托着一团神秘的世界

一瓣一瓣，一层一层

醉人的芳芬

窒息的冷艳

魔鬼般的胸怀

孤傲地盛开

谜一样的存在

请不要过来

请不要过来

放纵欲望将造成伤害

思念（一）

甜甜的微笑

第一次见面种在了心田

一朵若即若离的花

在漫山遍野开遍

春风吹起一池涟漪

柔软了月的影

触动了爱的弦

宁静的夜晚

熟悉的身影进入梦帘

甜甜的微笑

是可人的白莲

是滋润的山涧

思念没有了边界

一遍又一遍

比蜜还甜

思念（二）

暗夜里期盼爱的回归

伤心，泪水成为徒劳的悼诔

那些风中的落叶

铭刻着一片片后悔

最终，它们融入尘土

融入夕阳的余晖

伤口曾带来难忘的痛

留下了疤痕的墓碑

供痴情的人

在云淡风轻的日子里思追

思念（三）

月光透过寂寞的夜

一排排挂满屋檐

思绪飞不出黑暗的边

晚风

触动了伤心的弦

泪水

在记忆溅起微涟

往昔画面一幅幅重现

失眠的孩子

承受着雨打梧桐的时间

思念（四）

那是在青青河畔

一池破碎的繁星

祭祀爱的消散

柳条挂下一丝丝伤感

记忆无从割断

顺其自然

任寒风淡淡

残月在水中凌乱

我是一朵油菜花

迎着春天和煦的阳光

为了多一分温暖探头张望

热闹的时节共襄盛举

灵巧地换上金黄色的新装

每一滴雨露都收进心房

蜜蜂和蝴蝶，围着我

激情四射地歌唱

微风吹拂，轻轻飞舞

我们是一群稚嫩的孩子

成群结队站满高高的山岗

每一天，我都快乐地生长

就是这个季节最美的希望

宽　恕

心灵期待着一阵风

吹散抱怨的阴霾

生活需要一缕阳光

点亮狭隘的双眼

从容，是石缝间的青松

挺拔在险峻的山峰

徒劳地抱怨命运不公

却错过那珍贵的感动

白昼宽恕了黑夜

化作一片落霞温情地相拥

梅花宽恕了寒冬

阵阵清香，随风飘送

每一次放下包袱

总能看到美丽的彩虹

守护暴雨过后的天空

蜻蜓与荷花

我有长长的翅膀
可以飞到很远的地方
却找不到家在哪儿
也没见过父母的模样

你是水上的灯塔
是我在水面上
唯一栖息的地方
只要抱着你
就能感到温暖的问候

邂逅（一）

春风送来无数片桃花
织成轻盈的披风
闪闪的精灵漫天飞舞
引领着我与你邂逅
你是雪花抚养的女孩
冰清玉洁，不染尘埃
你的微笑打动了山川
鱼儿欢快遨游在你胸怀
月亮和星星躺在你的指尖
诗与梦在你眼中澎湃
那是一个完美的世界
连云朵也在深深期待

邂逅（二）

细雨打扫着巷子

没有人

只听见嗞嗞的雨声

像黑白的老电影

无聊，熟悉

风在跟春天缠绵

青草

躲在墙角招摇

像松散的长发

轻盈，迷人

你从对面走来

我们之间

只是一把伞的距离

邂逅（三）

波浪，是河水与浮萍

相遇一刹那的感动

花蕾，是生命沐浴阳光

涉世未深的懵懂

爱与被爱

在拥抱的一瞬间

把天地万物的思量包容

凝结成一缕颤动

好久不见的你

突然出现在思念中

打开那一缕深藏的颤动

让我的心泪如泉涌

救赎（一）

黑暗里生出希望的芽
告别污泞的世界
从迷雾中寻找生命的光
勇敢冲破自缚的茧
绝望，是山路尽头的悬崖
藏不住峰回路转的洞天
轻轻闭上迷失的眼
干涸的心田
需要喘息的时间
梦想的种子
将在冰山上开出雪莲

梦想的翅膀
带着生命飞向光明的神殿
爱是恒久的忍耐
用心寻找
希望必定显现

救赎（二）

夜空没有月亮

写着大大的寂寞

看不到天堂希望的光

荒漠里爬满藤蔓

结成充满悔恨的密网

泪水

淹没了绝望的山岗

呼吸

唤不起虚弱的心脏

忍受孤独

在黑暗中疗伤

期待清晨的一缕霞光

以梦为马

漂流在岁月的清河里

梦想总是插上翅膀

带上一颗颗晶莹剔透的彩石

镶嵌到深蓝的夜空

少年的心，纯真的梦

一场场风雨

滋润自信的种子

在每一处人生驿站

撤换疲惫的行囊

闪闪的北极星，舞动的灵光

追梦的身影

留下一串串激情的浪花

勇敢，自由

当欢笑和泪水

变得习以为常，一次次日落日出

清晰地标记着生命的华章

我的小诗

我的小诗
是我的孩子
很稚嫩，很平常
我告诉自己
敝帚自珍

我的小诗
是我的孩子
月光低垂
我抚摸他熟睡
宁静　沉醉

我的小诗
是我的孩子
风雨来袭

我搂着他安慰

温暖　相依

我的小诗

是我的孩子

我和他倾诉

快乐和悲伤

化作天边的云朵

点亮淡淡光芒

我的小诗

比星星还小的模样

比彩虹还美的梦想

我给他插上翅膀

自由地飞翔

爱上文字

在文字的世界里

打造个温馨的小家

百灵鸟欢快地歌唱

把喜悦传递四方

夕阳铺满缓缓的流水

静静的哀思随风吹

乌云掩住残缺的月亮

掩不住淡淡伤心的光

深夜掀起巨大海啸

愤怒吞没了海港

鲜花陪着我歌唱

散发悠悠清香

星星听着我的诉说

在夜空洒满泪花

思绪插上翅膀

情感自由地抒发

剃须刀

刀片

无情的呼啸

刃口

倾倒柔弱的小草

锋利的眼神

在旋转中冷笑

生命

化为黑色的灰尘

日复一日

冷酷的翻滚

带走了我的青春

落叶（一）

致密的脉纹

诉说岁月伤痕

金色外套

历经沧桑的荣耀

告别

自由飞舞

风中织成一片海

静谧的情怀

从容的风采

拥抱

润物无声

化作母亲的爱

梦中归来

落叶（二）

一片一片飞舞的音符

在夕阳的指尖柔美跳动

这是告别的演奏

在秋的舞台

无声的旋律，金色的赞歌

是收获的喜悦

是荣归故里的风采

一片一片

都是岁月的记载

都是曾经的期待

猫

你总是静静趴着

一个人，数岁月的年轮

享受午后阳光

融化孤独的伤痕

轻轻的气息

陪着安详的梦

悄悄地

把记忆吹进了风

夜把星星点亮

也点亮你的眼神

深蓝的海湾

一座思考的城

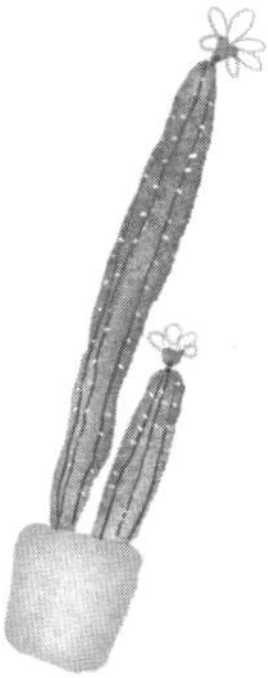

爆竹感怀

满天的流光溢彩

书写一年里最后的符号

噼里啪啦的爆竹声

急切地揭开新年的序幕

一阵阵轰隆声响

记录了几千年的王朝兴衰

透过一束一束火焰

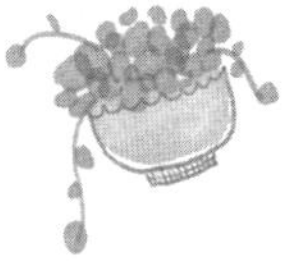

浮现古往今来的豪杰

策马奔腾的身影

懵懂的孩子注视着满天星辰

听长辈讲英雄的故事

若夸父般矢志不渝

若精卫般坚韧不屈

长空里划出一道道

绚丽的光景，孩子笑了

轰轰隆隆，一年又一年

茶（一）

像个淘气的孩子

懒散地醒来

在水中自由挥舞

要用春天的阳光和雨露

在杯子里的世界

造一片绿色的森林

一抹淡淡清香

随长袖善舞而生长

是自由的气息

是春意在水中激荡

茶（二）

静静地禅意在指尖流淌

裹一袭绿色轻纱

细细品味

宁静中的冥想

昨日的繁华

在岁月沙漏中融化

喜怒哀乐

挥发成淡淡清香

怡然地歌唱

自由自在的安详

停 滞

灵感躲进了时间的驿站

思维已彻底枯干

千篇一律的黑白世界

找不到半点光彩

伤感

落红化为尘埃

徒劳

一片空白的脑海

在沙漠中无助地等待

等待救赎到来

只有梦想还在生长

只有希望继续飞扬

头 疼

谁在远方悄悄拨弄着思念

我的神经跟着和弦

搁置了鸟语花香

痛苦成了垄断的帝王

无情地生长

哀怨

隐隐作痛的伤

无奈

煎熬的时光

还给我面朝大海

还我大脑祥和

雪

下一场雪

冲洗我的尘埃

像一朵梅花

冰清玉洁地盛开

下一场雪

掩藏我的失败

让一缕阳光

照进我的心怀

下一场雪

埋葬我的悲哀

用温馨的爱

吹散额头的阴霾

下一场吧

盖满全世界

还我一片洁白

生活的足印

重新再来

执　着

像阳光一样张开热情的胸怀

像海浪一样激昂澎湃

为了梦想

为了爱

像离弦的箭

充满矢志不渝的期待

即便是

风霜无情地摧残

雨雪泼洒下凛冽严寒

我也要做一朵蜡梅

骄傲地盛开

暗夜花

“花非花，雾非雾，夜半来，天明去，来如春梦几多时，去似朝云无觅处”

最是那一阵迷人的芳香
让黑夜也有值得拥抱的期望
仿佛甘泉流进了心房
融化了寂寞的尘网
在黑夜里，把春天点亮
我想抓住时间，迟迟不放
迷人的芳香，有自己的主张
她在温柔的黑夜放飞梦想
怕被阳光无情的刺伤
一缕芳香，随着朝霞消亡
我用泪水见证看不见的过往

曾经有一朵暗夜里的花

只在黑夜里开放

无法看到她的模样

那一缕芳香却难以遗忘

听　海

一声一声的浪花

把思念带给沙滩

像情人紧贴在耳边亲密的问候

那是月光触摸花瓣的柔软

是温馨的醉意

是淡淡的幽香

一声一声

海浪在抚摸

沉睡中的寂寞

像和煦的阳光拥吻坚冰

怨恨和寒冷

等待爱的融化

静静的沙滩

每一颗贝壳

都是被遗忘的灵魂

水　乡

钻进古老的青砖白墙

逃离文明与喧嚣的触角

水乡，用慈祥的目光

缠绵着岁月的拥抱

把爷爷的微笑

藏进了河水清澈的波涛

把奶奶的唠叨

送给了漂流的萍藻

水乡，迎接着尘世的打扰

温柔，骄傲

水乡，迎接着每一个朝阳

透过缓缓晨雾

腾起千百年朴素的沧桑

书　店

鲜明的灯光

洒向书的海洋

轻快的音乐

在丛林里回荡

是秘境

探寻生活的宝藏

是征途

充满求索的渴望

流浪

诗和远方的拜访

故乡

梦寐以求的安详

思绪释放的地方

空气里也飘着

知识的幽香

翅　膀

岁月把生活编织成

一张看不见的网

日子在固定的轨迹打发

有时候，我多希望

给我一双翅膀

让我自由地飞翔

我想再回到故乡

看看那条小河温柔的模样

童年的记忆在水中游弋

水波上的点点光亮

是孩子心中的美丽珍藏

我想飞到你的身边

悄悄地，感受你的月光

曾经无数个夜晚

是你把我点亮

亲爱的，你是否知道我心中
还有一片属于你的地方
我想飞到雪山之巅
一个人，品味无限的风光
远离尘世的喧嚣
让白云和阳光
在我心里流淌
给我一双翅膀吧
这是我最美丽的向往

明信片

燕子是春天的明信片

把充满生机的绿色

涂在飞过的地方

把盎然的春意

留在新生的柳条上

那一年，你也寄过明信片

岁月模糊了字迹

思念仍藏在字里行间

透过明信片

依然看到你的笑脸

我也想，寄出一张明信片

给未来的自己

一些值得回忆的时间

把我的梦想

沿着欢笑和泪水

留给未来的那一天

追　寻

夜，用柔和的月光

在黑暗中寻找寂寞情思

月亮拖着离人的寄托

藏到天边看不见的地方

梦乡是生活的光

人生的路口，有挚爱的人

为我燃起灯塔的希望

微笑给我勇气

祝福给我信心

我像个懵懂的孩子

沿着岁月一路跌跌撞撞

追寻着明亮成长

鲜血，抚摸伤口愈合

汗水，滋润记忆的生长

随着我的足迹，开出

一朵朵奋斗的花

散发着寻梦的芬芳

繁 忙

春天在忙着发芽、开花

三个月之后就要下班

急得蜜蜂蝴蝶忙碌飞舞

急得大地变绿，河水消融

每一天，我在键盘上

弹奏着工作，比春天还忙

只有八小时的辰光

一封封邮件像大雁飞翔

每一次来往，都是一次轮回

我的心，比我还忙

输送我的血液，还有梦想

追求爱情，还有希望

虽然有一辈子的机会

却没有任何喘息的时光

这就是繁忙，生命的模样

你的世界

我的心是一片海

总想伸出长长的浪花

触摸未知的岸

在你的世界

有我未见过的山川

清泉流淌着你的温柔

花丛点缀你的和善

还有一颗颗玩石

是你撒娇时的可爱

怀念你的世界

就像怀念童年

因为我曾像个孩子

充满好奇和眷恋

手

我多希望

在记忆的隧道里

牵着你的手

紧紧不放

让和风细雨的柔和

融化我的苍凉

让点点星光

温暖我的胸膛

我多希望

迎着大雪的寒风

托起手掌

让一片片雪花

融化成春天的阳光

用我的梦想

打造小小的天堂

和挚爱的人

住进理想的家

我多希望

在岁月的溪流里

伸出我的手

任时光在指间流淌

美好的过往

被我紧握在手心

深深地珍藏

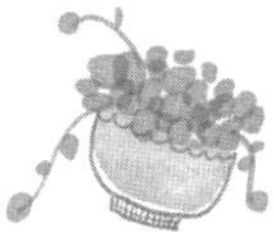

宁　静

绿叶沐浴着阳光

悄然生长

大雁披着彩霞

自由飞翔

在宁静中

生命怡然地奔放

我喝着咖啡

让浓浓的醇香

滋养心房

儿时的梦想

已被岁月冲刷

中年的激情

仍在振动担当的翅膀

在平静的湖面

泛起奋斗的浪花

爱的彩虹

在希望的天空飞扬

宁静的世界里

一点一滴

都在默默生长

距　离

春风托着绿色的芽

朝着天空奔放

歌唱着希望

进一寸有一寸的优雅

岁月把命运沏成茶

远去的时光

越发沉淀，越发悠长

苦涩中有淡淡的香

你柔美的长发

陶醉了我的目光

巅峰了心跳的模样

时而忐忑，时而慌张

太阳追着朝霞

星星缠绵着月光

生活的距离

各式各样

在一寸寸调整中成长

音

执着的雨滴

挂下所有喜怒哀怨

击碎枝叶的冥想

和每一粒尘埃的彷徨

旋律

在碰撞中张扬

节奏

打破沉默的火花

欲望，在熄灭和点亮之间

翻滚潮汐的波浪

原始的生命力

追寻着

有形和无形的亲吻

在亲吻和拥抱的瞬间

交织成振动的汪洋

彩　霞

拖拽着云朵

在黑夜与蓝天

撕扯的缝隙

泼洒下一大片

火红的泪滴

凤凰苏醒

在地平线游弋

飞舞着一缕长发

在太阳的谢幕中哭泣

夜在降临

悄无声息的嫁衣

卷起满天繁星

一颗一颗

承载着

白日里的风光记忆

亲抚着大地

慢慢沉入

无边的静寂

聚　散

一场风雨

摧毁花瓣的拥围

美人的筵席

红楼的梦

破碎

梦醒时

目光乘着

蒲公英的种子

在零落中

寻找新的栖息

只有思念

滋养着记忆

岁月也冲不去

心中的影子

分与合

融为一体

浅 尝

绿叶在枝头

揉着惺忪的睡眼

日子却

一天天热起来

皮肤上

还留着冬的记忆

夏的浪潮

已悄然来袭

春，在心里种下

一个暖暖的吻

便再也捉不到她

矜持的眼神

阳光

把冰都吞完了

蜜蜂蝴蝶

把花瓣都踩乱了

温度指针

一下子跳高了

那个稚嫩的春天

被风吹散了

痕　迹

空空的蜘蛛网

在风中摇晃

隐约着

主人曾经的风光

山谷里飘起

潺潺的声音

那是，丛林深处

躲着一湾清泉

用密码锁住的日记

锁不住岁月里

一丝丝甜蜜

还有额上皱纹里

情感的物语

太阳落山

留下满天星斑

骏马奔腾过

便习惯于嘶鸣

谁也不能

在时光里雁过无痕

季

一朵花开

一片落叶

让心情掀起涟漪

喜悦或者悲哀

生命，本没有

多情的安排

刮风下雨

白天黑夜

都是自然的期待

牵手到放手

从青涩到成熟

把一切看开

风轻云淡

不过是一场恋爱

春夏秋冬

生活的每一天

都有不同的精彩

空　白

和你分别

像是一场劫

洪水席卷整个世界

我躲在方舟上

随波逐流

除了汪洋弥漫

再不见美丽的山川

和鲜花烂漫

和你分别

像是一场劫

大雪吞没了平原

寒冷冰封了河流

我成了雪人

孤独地

冻立在无边的黑暗

和你分别

像是一场劫

我的世界

只留下你的笑脸

除了你的地盘

只剩下茫茫空白

风　车

草原的风光

陪伴着你的繁忙

彩色的歌

在蓝天下飘荡

儿时的梦想

都藏在

风车的翅膀里

旋转中

织着一张梦幻的网

钻进去

是花的海洋

每走一步

都有激动和紧张

是童年独有的欣喜若狂

花

一朵花的芳香

藏着诉不尽的温柔

淡淡娇羞

如醉人的酒

花开时

迎着阳光

把生命歌唱

花落时

风雨飘零

洒下一片片感伤

岁月之花

沿着生活的季节成长

时而妖娆，奔放

时而萧瑟，迷茫

总有四月的蕾

点燃风雪过后的希望

盛开的芬芳

像火一样明亮

河

涓涓细流

日复一日奔走

沉默的脚步

化作

看不尽的尘埃

温柔的吻

打动岸的坚韧

草木石块

也陶醉在浪的胸怀

相遇相知

是命运的期待

离别

只是岁月的安排

牵手放手

指尖滑过的瞬间

记忆

铭刻下每一段爱

送 别

岁月铺设了十里长亭

依依惜别你的背影

百花凋零阳光明媚的季节

微笑

成了昨日的浮萍

怀念

空对着漫天繁星

珍重前行

期待远方那一片新的岸汀

在下一个春天飘满兰馨

挣　扎

历经风霜

绿叶才迎来阳光

把春意奔放

千山万水

燕子才重返故乡

熟悉的家园

寻找梦想

爱情的方舟

乘风破浪

才能抵达彼岸的风光

生活，呼吸着

岁月的流淌

在一缕缕挣扎中

迎接希望

岁月如歌

岁月如歌

生活似酒

时而浓烈

时而优柔

时光，像多情的手

让生命长枝发芽

花朵飘溢芳香

却又让西风吹扫落叶

寒冷席卷四方

一滴滴过往

积淀生活的陈酿

只有宁静

深深地驻留心房

只有恬然

呵护希望和梦想

撑一竿小船

伴着落霞的倒映

品一口生活的美酒

在水中遨游

无　常

一阵风

就把乌云

铺满晴朗的天空

一场雨

让稚嫩的花瓣

不知所措地凌乱

岁月无常流淌

时而平缓

时而紧张

生命像坚韧的浮萍

随浪起浪落，一路徜徉

只有梦想

坚持最初的模样

只有爱

能找到前进的方向

让我变成一阵风

让我变成一阵风

亲抚你的面容

让我钻进

你温润的眼神

跟随你思绪的柔波荡漾

让我抱紧

你甜美的笑容

定格住青春的时钟

让我吹散

你柔美的长发

每一根，都是我的感动

让我变成一阵风

把你的美丽和善良

吹遍世界的每一个角落

吹进湖面的涟漪里

吹进一朵花的蕊中

后记：有一首诗

有一首诗，曾经出现在我的梦里，她有优美的辞藻，清新的语调，我在梦里反复吟诵，爱不释手。当我提醒自己要赶紧把这首优美的诗记住时，也是我从梦中醒来的时刻。这时

候，我已经记不起诗中的只言片语了。但我知道，确实有这样一首诗，无论我是否能用白纸黑字将她写下来，她就在哪里，在属于她自己的世界里。

人只有在回首望时，才清楚意识到已经走过的旅程；人只有在梦中惊醒时，才发现又回到了现实世界。但我不会忘记这首诗的存在，她如同我心中的海市蜃楼，虽然永远无法触及，却能清晰地感到她的存在。如同隐藏在巨石中的雕塑，需要伟大的艺术家去掉石头多余的部分，雕塑就可以显现出来。而我却没有这般鬼斧神工的才华，我无法在文山字海里把这首诗寻找出来。我只能在梦里读到这首优美的诗，而此刻她留给我的只有回忆和回想，也许，这才是她存在的意义。

凡是过去，皆为序曲。回忆能带来快乐，回忆也能带来伤感；回忆能带来自信，回忆也能带来消沉。生活的脚步不会停留，我们除了在阳光下挥洒青春，还要在无数个黑夜里等待明天。而这首诗留给我的却只有美好的回忆。朦胧中看不清她的全部内容，却也看不到任何缺憾，依稀令我始终怀有一份敬畏和向往。这首诗是未知的，这首诗是属于明天的。明天的一切都如同这首诗一样，是未知的。未

知使人痛苦，未知也让我们保持激情；未知使人忐忑，未知也让我们尝试着去创造。

在我的梦里曾有一首诗，是一首拥抱生命的诗，这是一首拥抱明天的诗。

图书在版编目（CIP）数据

62片绿叶 / 朱风平著．—北京 ：线装书局，2021.1
ISBN 978-7-5120-4304-6

Ⅰ.①6… Ⅱ.①朱… Ⅲ.①诗集-中国-当代 Ⅳ．① I227

中国版本图书馆CIP数据核字（2020）第229603号

62片绿叶

著　　者：朱风平
责任编辑：林　菲
出版发行：线装书局
地　址：北京市丰台区方庄日月天地大厦B座17层（100078）
电　话：010-58077126（发行部）　010-58076938（总编室）
网　址：www.zgxzsj.com
经　　销：新华书店
印　　制：天津雅泽印刷有限公司
开　　本：880mm×1230mm　1/32
印　　张：5
字　　数：80千字
版　　次：2021年1月第1版第1次印刷

线装书局官方微信

定　　价：35.00元